Si tú puedes...

¡Nosotros podemos!

Beth Shoshan & Petra Brown

Bath • New York • Singapore • Hong Kong • Cologne • Delhi
Melbourne • Amsterdam • Johannesburg • Shenzhen

Te quiero...

¡mucho!

(Aunque mis brazos sean muy cortos
y no pueda abrazarte bien.)

Yo te abrazo…
tú me abrazas.

(Damos una vuelta,
y volvemos a girar, y
bailamos juntos,
agarrándonos fuerte.

¡No me dejes caer!)

Yo te hago cosquillas...
tú haces risitas.

(¡En los pies no...! ¡No!
En los pies no,
¡sabes que así es cuando más chillo!)

Yo te hago reír...
tú te ríes conmigo.

(No hay nada en este mundo
que nos haga sentir tan bien
como la risa.)

Yo tomo tu mano...
tú tomas la mía fuerte.

(Así me siento cómodo, seguro y protegido.
Así sé que me protegerás,
que cuidarás de mí...
que estarás conmigo.)

Yo te canto canciones…
tú también las cantas.

(Unas en voz alta, otras en voz baja,
y otras que me hacen reír mucho.
Canciones de amor, otras de cuna
y otras que me hacen sentir seguro.)

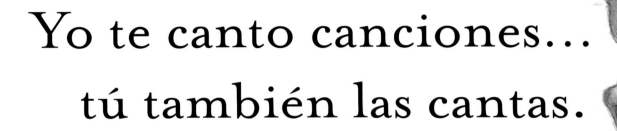

Yo te cuento historias…
tú me escuchas.

(Entonces cuéntame
cuentos toda la noche...

de grandes dragones,
valientes caballeros...

aventuras que hagan
volar mi imaginación.)

Yo estoy en tus sueños...
y tú estás
en los míos.

(Sueños bonitos, sueños seguros,
sueños con los que duermo tranquilo.
Mis sueños, tus sueños.
Siempre nuestros sueños.)

¡Seamos amigos para siempre!

Estar siempre para el otro,
vigilándonos y cuidándonos.

Así…

Cualquier cosa que
tú hagas…

y cualquier cosa
que yo haga…

¡Hagámosla…

...juntos!

¡Para ti, para mí y para todos nosotros!

B.S.

Para Lewis y Samantha

P.B.

Texto © Beth Shoshan 2008
Ilustraciones © Petra Brown 2008

Edición publicada por Parragon en 2013

Parragon Books Ltd
Chartist House
15-17 Trim Street
Bath BA1 1HA, Reino Unido

Publicado con la autorización de Meadowside Children's Books
185 Fleet Street, Londres EC4A 2HS, Reino Unido

Traducción: Miriam Torras González para Delivering iBooks & Design
Redacción y maquetación: Delivering iBooks & Design, Barcelona

ISBN 978-1-4723-0444-5

Impreso en China/Printed in China